ΜΙΑ ΜΕΡΑ ΜΕ ΤΟΝ ΗΛΙΟ

Julijana Butter

Εικονογράφηση: Vladica Lukić

CreateSpace Independent Publishing Platform
ISBN-10: 1530745616
ISBN-13: 978-1530745616

«Σε παρακαλώ, Δώρα, μην παίζεις άλλο με το νερό. Μην ξεχνάς, ότι πολλά παιδιά...» ακούστηκε η φωνή της μαμάς από την κουζίνα, την ώρα που έστρωνε το μεσημεριανό τραπέζι.

«...δεν έχουν νερό σε αφθονία έτσι όπως εμείς το έχουμε», μουρμούρισε η Δώρα συμπληρώνοντας την πρότασης της μαμάς της, την οποία είχε ακούσει τόσες φορές ως τώρα.

Το καλοκαίρι τελειώνει σύντομα και σε λίγες εβδομάδες η Δώρα θα πάει πρώτη δημοτικού. Εκεί την περιμένουν πολλά καινούργια και συναρπαστικά πράγματα και η ίδια ανυπομονεί να ξεκινήσει. Η μαμά και μπαμπάς τής έχουν ήδη διηγηθεί πολλά από τα δικά τους βιώματα από τις δικές τους πρώτες σχολικές μέρες. Γι'αυτό η Δώρα είναι βέβαιη, ότι θα της αρέσει το σχολείο.

Η Δώρα αγαπά πολύ τους γονείς της και τον μικρότερο αδερφό της, μόνο που όλοι τους γίνονται καμία φορά κουραστικοί έως και εκνευριστικοί. Σε αυτές τις στιγμές νιώθει έτσι, όπως συνηθίζει να λέει η θεία Λάουρα: «με βγάζουν από τα ρούχα μου». Έτσι ακριβώς αισθάνεται η Δώρα, σαν να είναι έτοιμη να εκραγεί από θυμό, εξαιτίας των παρατηρήσεων του μπαμπά της, των υπενθυμίσεων της μαμάς της, και εξαιτίας του μικρού αδερφού της, ο οποίος απαιτεί να παίζει μαζί της όλη την ώρα! Δεν είναι πλέον τόσο μικρή, ώστε να μην μπορεί να καταλάβει, πότε κάποιος υπερβάλλει. Και ήταν σίγουρη, ότι η μαμά και ο μπαμπάς πραγματικά υπερέβαλαν, κάθε φορά που της έλεγαν: «Πολλά παιδιά δεν έχουν τούτο και πολλοί άνθρωποι δεν έχουν εκείνο», και ότι πρέπει να είναι ευτυχισμένη, που έχει έναν αδερφό, ο οποίος την αγαπά τόσο πολύ. Φυσικά η Δώρα αγαπά τον αδερφό της, όμως κάποιες φορές σκέφτεται, ότι χωρίς αδερφό τα πράγματα θα μπορούσαν ίσως να ήταν και λίγο καλύτερα. Η καλύτερη της φίλη από τον παιδικό σταθμό, η Μίλα, δεν έχει αδέρφια, όμως δεν παραπονιέται ποτέ ότι αισθάνεται μοναξιά. Όταν παίζουν μαζί, η Μίλα είναι πάντα χαρούμενη, ειδικά όταν παίζουν στο σπίτι της Δώρας, όπου – προς μεγάλη έκπληξη της Δώρας – της αρέσει να παίζει ακόμα και με το Λουκά.

Κατά τη διάρκεια του φαγητού η Δώρα ήταν ιδιαίτερα ήσυχη. Σηκώθηκε γρήγορα από το τραπέζι έχοντας αφήσει το περισσότερο φαγητό στο πιάτο της. Έτρεξε στην αυλή και κάθισε στην κούνια. Καθώς έκανε κούνια κοίταζε τον ήλιο. Της αρέσει πολύ ο ήλιος και συχνά αναρωτιόταν, πώς θα ήταν, αν θα μπορούσε έστω και για μία μέρα να ταξιδέψει μαζί του, ώστε να ζήσει όλα αυτά που ο ήλιος βιώνει σε μία μέρα. Αναστέναξε λυπημένα και ψιθύρισε: «Αχ ήλιε μου, εσύ περνάς καλά! Κάθε μέρα βλέπεις ολόκληρη τη γη, έτσι λέει ο μπαμπάς τουλάχιστον… Και τι δεν θα έδινα, για να ήμουν μόνο για λίγες ώρες μία ηλιαχτίδα σου! Τότε οι εμπειρίες σου θα γινόταν και δικές μου!»

Την επόμενη στιγμή συνέβη κάτι παράξενο: η Δώρα ζεστάθηκε απότομα και ταυτόχρονα αισθανόταν σαν να πετούσε. Επειδή κουνιόταν ψηλά, αρχικά φοβήθηκε ότι έπεσε από την κούνια. Αλλά προς μεγάλη της έκπληξη κατάλαβε, ότι ανέβαινε προς τον ουρανό όλο και ψηλότερα... Πετούσε στ'αλήθεια!

Έκπληκτη παρατηρούσε, πως όλα μικραίνανε τόσο γρήγορα και σύντομα δεν μπορούσε να διακρίνει τίποτε από την αυλή, το σπίτι, το δρόμο ή τη γειτονιά στην οποία ζούσε! Η Δώρα άρχισε να φοβάται και πάνω που ήταν έτοιμη να φωνάξει όσο δυνατότερα μπορούσε το μπαμπά και τη μαμά, ένιωσε ότι κάποιος της χάιδεψε απαλά το κεφάλι. Μετά άκουσε μία καθησυχαστική φωνή: «Δώρα, μη φοβάσαι, δεν θα σου συμβεί τίποτε. Είμαι ο ήλιος και πετάς πραγματικά. Αποφάσισα να πραγματοποιήσω τη μεγάλη σου επιθυμία: να γίνεις μία από τις ηλιαχτίδες μου και να ζήσεις κάτι από όλα όσα βιώνω καθημερινά. Ελπίζω όμως, ότι δεν θα μείνεις απογοητευμένη μετά το τέλος του ταξιδιού μας!»

Αρχικά η Δώρα δεν πίστευε στα μάτια και στα αυτιά της. Όμως όταν βρέθηκε την επόμενη στιγμή πάνω από μία μικρή και πολύ τακτοποιημένη πόλη, η οποία της ήταν παντελώς άγνωστη, κατάλαβε ότι συνέβαινε πραγματικά. Ήταν μία ηλιαχτίδα που ταξίδευε με τον ήλιο σε όλο τον κόσμο!

Τα σπίτια σε αυτή τη μικρή πόλη ήταν πολύ μεγαλύτερα από αυτά στη γειτονιά της, όλα είχαν υπέροχους κήπους και πισίνες στις οποίες παίζανε παιδιά. Στην αρχή η Δώρα ήταν εντυπωσιασμένη από αυτά τα σπίτια.

Στη συνέχεια, όμως, παρατήρησε σε μία αυλή ένα νεαρό αγόρι, που πήρε το λάστιχο ποτίσματος και άρχισε να βρέχει τα σκυλιά, τα οποία μέχρι εκείνη τη στιγμή ξεκουραζόταν ήσυχα στη σκιά μίας βελανιδιάς. Τα φοβισμένα ζώα άρχισαν να τρέχουν στην αυλή, καθώς ο νεαρός τους κυνηγούσε με εκκωφαντικές κραυγές, προσπαθώντας να τα πετύχει. Τα υπόλοιπα παιδιά, που βρισκόταν την ίδια στιγμή στην αυλή, μπήκαν και αυτά σε αυτό το παλαβό κυνηγητό και σπρώχναν τα σκυλιά προς το μέρος του νεαρού, ώστε να μπορεί να τα καταβρέχει. Στα παιδιά άρεσε προφανώς αυτό το παιχνίδι, όμως τα ζώα έψαχναν απελπισμένα ένα μέρος να κρυφτούν. Μόνο ένα κορίτσι καθόταν σε μια γωνιά. Κάλυπτε το πρόσωπο με τα χέρια, έκλαιγε και φώναζε: «Σταματήστε να βασανίζετε τα ζώα! Φτάνει πια, μην ξοδεύετε άλλο το νερό, υπάρχουν τόσοι άνθρωποι που δεν έχουν νερό να πιουν!», όμως κανείς δεν την άκουγε...

Καθώς η Δώρα άκουγε τα λόγια του κοριτσιού, την κατέβαλε ένα άσχημο συναίσθημα, σαν να έπρεπε να ντρέπεται για κάτι. Για μια στιγμή έκλεισε τα μάτια της, και μόλις τα ξανάνοιξε ήταν εντελώς μπερδεμένη από όσα έβλεπε

Μπροστά της απλωνόταν ένα ατέρμονο, σχεδόν άγονο τοπίο. Διακρινόταν ξηρή βλάστηση και μερικά γυμνά δένδρα με σπασμένα κλαδιά. Παρατήρησε επίσης μερικά ζώα: τεράστιους ελέφαντες, μακρύλαιμες καμηλοπαρδάλεις, μαυρόασπρες ζέβρες, χαριτωμένες αντιλόπες και, λίγο μακρύτερα, μια αγέλη λιονταριών. Όλα τα ζώα κινούνταν με κόπο προς την ίδια κατεύθυνση. Η Δώρα είδε, ότι περπατούσαν αργόσυρτα προς την σχεδόν ξεραμένη κοίτη ενός ποταμού. Τα ζώα μοιάζανε να είναι πολύ πεινασμένα. Αυτό το θέαμα έκανε το στομάχι της να σφιχτεί.

Η μαμά και ο μπαμπάς τής διαβάζουν πολλά βιβλία. Σε ένα από αυτά υπάρχουν εικόνες ζώων, τα οποία μόλις είχε δει, ενώ και η φύση στις εικόνες αυτές έμοιαζε ίδια με το τοπίο εδώ. Η Δώρα αναγνώρισε, ότι ήταν μία ξερή σαβάνα στην Αφρική, η οποία προφανώς δεν είχε δεχθεί βροχή εδώ και πολύ καιρό. Γι'αυτό και δεν υπήρχε φρέσκο χορτάρι ή άλλα φυτά, με τα οποία θα μπορούσαν να τραφούν πολλά ζώα. Αλλά πρωτίστως το νερό, που είναι εξαιρετικά σημαντικό για την επιβίωση όλων των μορφών ζωής, ήταν πλέον ελάχιστο.

Για άλλη μια φορά ήρθε στη Δώρα αυτό το δυσάρεστο συναίσθημα στο στομάχι, και θυμήθηκε ξαφνικά τη μικρή πόλη από πριν, όπου τα παιδιά είχαν ξοδέψει μεγάλες ποσότητες νερού σε ένα άσκοπο παιχνίδι... Στη συνέχεια το βλέμμα της έπεσε σε μία ομάδα ανθρώπων – άνδρες, γυναίκες και μερικά παιδιά. Οι άνδρες ήταν οπλισμένοι, πιθανώς για να μπορούν να αποκρούσουν επιθέσεις αρπακτικών ζώων. Οι γυναίκες κουβαλούσαν στα κεφάλια τους μεγάλα δοχεία, τα παιδιά παρόμοια αλλά μικρότερα. Ήταν φανερό, ότι και αυτοί πήγαιναν προς το ποτάμι για να πάρουν νερό.

Aμέσως μετά μπόρεσε να ακούσει κάτι από τη συζήτηση των παιδιών: «Ελπίζω να μπορέσουμε να γεμίσουμε με νερό τουλάχιστον μερικά από τα δοχεία μας. Διότι το πηγάδι, που μέχρι τώρα μας έδινε νερό, έχει στεγνώσει τελείως», είπε ένας νεαρός.

«Ναι, αλλά πρέπει επίσης το νερό να είναι πόσιμο. Ελπίζω να βρέξει σύντομα, επειδή το ποτάμι δεν έχει πια σχεδόν καθόλου νερό», απάντησε σκεπτικά ένα λίγο μεγαλύτερο κορίτσι και κοίταξε προς τον ουρανό. Όμως και στα υπόλοιπα πρόσωπα διακρινόταν στεναχώρια και φόβος.

Η Δώρα ένιωσε ότι το βλέμμα του κοριτσιού συνάντησε για μια στιγμή το δικό της... Θυμήθηκε τη μαμά και το μπαμπά, και τώρα ήξερε, ότι είχαν δίκιο σε ότι αφορά στη σπατάλη του νερού. Εξαιτίας αυτού αισθανόταν πολύ άσχημα. Υποσχέθηκε στον εαυτό της στο εξής να είναι πιο υπάκουη στους γονείς της. Κοίταξε για ακόμα μια φορά τη ξερή σαβάνα, και η καρδιά της γέμισε με μεγάλη θλίψη. Λυπόταν ιδιαίτερα που δεν μπορούσε να κάνει τίποτε για τους κατοίκους της σαβάνας, ώστε να έχουν περισσότερο νερό. Στα μάτια της μαζεύτηκαν δάκρυα και άρχισε να κλαίει γοερά.

Τότε άκουσε τη φωνή του ήλιου: «Δώρα, μην κλαις, αλλά κοίτα τον ουρανό.» Η Δώρα έκανε αυτό που της είπε ο ήλιος και προς μεγάλη της χαρά είδε, πως μεγάλα σκούρα σύννεφα μαζευόταν με μεγάλη ταχύτητα. Ήταν πολύ χαρούμενη και το σφίξιμο στο στομάχι της εξαφανίστηκε, αφού σύντομα θα έβρεχε! Κοίταξε προς τα ζώα και τους ανθρώπους. Όλοι τους φαινόταν ευτυχισμένοι. Τα παιδιά και οι μεγάλοι τραγουδούσαν ευχαριστώντας το Θεό, που εισάκουσε τις προσευχές τους και έστειλε τη βροχή.

Η Δώρα ήταν τρισευτυχισμένη και καθώς οι πρώτες σταγόνες βροχής έπεφταν στη γη, κατάλαβε ότι άρχισε να κινείτε με μεγάλη ταχύτητα.

Πριν προλάβει να ανοιγοκλείσει τα μάτια της, στεκόταν μπροστά μία ψηλή πολυκατοικία σε μία άγνωστη πόλη. Άκουγε πολλές φωνές, αλλά το βλέμμα της στάθηκε σε μία ταράτσα. Ήταν όμορφα τακτοποιημένη, με πολλά λουλούδια. Κάτω από μία τεράστια ομπρέλα βρισκόταν ένα στρωμένο τραπέζι στο οποίο έτρωγε μία οικογένεια: μπαμπάς, μαμά και δύο κόρες. Το μεγαλύτερο κορίτσι ήταν στην ηλικία της Δώρας και το άλλο λίγο μικρότερο. Ξαφνικά το μεγαλύτερο κορίτσι μίλησε με θράσος στη μαμά της: «Δεν θέλω να το φάω αυτό! Σνίτσελ, πουρέ και σαλάτα – μπλιάχ! Δεν μπορούσες να μαγειρέψεις κάτι καλύτερο, μια πίτσα για παράδειγμα;» Ταυτόχρονα έκανε άσχημες γκριμάτσες με το πρόσωπο. Προς στιγμή η Δώρα έμεινε χωρίς ανάσα. Αυτή η σκηνή της ήταν τόσο γνωστή... Ήταν σαν να άκουγε τον ίδιο της τον εαυτό, όταν μιλούσε στη μαμά της με τον ίδιο τρόπο... Απλώς μέχρι στιγμής δεν το είχε συνειδητοποιήσει, πόσο άσχημο είναι! Θυμήθηκε τα λόγια της μαμάς της, ότι αυτή η συμπεριφορά δείχνει μεγάλη αχαριστία, επειδή υπάρχουν πολλά παιδιά που ένα τέτοιο νόστιμο φαγητό θα το τρώγανε χωρίς σχόλια. Η Δώρα ήταν απασχολημένη με τις σκέψεις της, και γι'αυτό δεν κατάλαβε, ότι το ταξίδι συνεχιζόταν.

16

Έντονα παιδικά κλάματα διέκοψαν τις σκέψεις της. Μοιάζανε πολύ με το κλάμα του αδερφού της όταν είναι πολύ πεινασμένος. Η Δώρα έψαξε με το βλέμμα την κατεύθυνση από την οποία ερχόταν τα κλάματα. Μπροστά της βρισκόταν ένα τοπίο παρόμοιο με την αφρικανική σαβάνα με τον ποταμό. Το τοπίο ήταν εξίσου άγονο, απλώς υπήρχαν λίγο περισσότερα δένδρα, μεταξύ των οποίων βρισκόταν ένας μικρός οικισμός. Τα σπίτια ήταν πολύ μικρά και μοιάζανε να έχουν μόνο τα πολύ αναγκαία. Επειδή ήταν πολύ ζέστη, μία μητέρα καθόταν έξω από το σπίτι της μαζί με τα τρία παιδιά της. Καθόταν σε ένα τραπέζι με έξι μικρά πιάτα και μία γαβάθα, η οποία ήταν μόνο μισογεμάτη με φαγητό. Η Δώρα κοιτούσε το πρόσωπο της μητέρας – έμοιαζε πολύ θλιμμένο. Τη στιγμή εκείνη μαζεύτηκαν δάκρυα στα μάτια της μητέρας, η οποία έτρεξε γρήγορα να κρυφτεί στο σπίτι.

Η Δώρα μπορούσε να ακούσει τον ψίθυρο της μητέρας που έκλαιγε: «Θεέ μου, τι πρέπει να κάνω, για να αρκεί το φαγητό για όλα μου τα παιδιά ώστε να μπορούν να χορτάσουν; Πώς πρέπει, για ακόμα μια φορά σήμερα, να το μοιράσω, ώστε όλοι εκτός από εμένα να μη μείνουν νηστικοί; Ο άντρας μου και ο μεγάλος μου γιος Νόα δεν γύρισαν ακόμα από τα χωράφια. Αυτοί πρέπει οπωσδήποτε να φάνε όταν επιστρέψουν, επειδή δουλεύουν σκληρά κάθε μέρα. Όμως θα μείνει αρκετό υπόλοιπο φαγητό για τα κοριτσάκια μου, την Αμπίντι και την Μπραΐμα, καθώς και για τον μικρό μου Ντίλαβαρ;»

Για άλλη μια φορά η Δώρα θυμήθηκε πόσο συχνά έκανε και η ίδια σκηνές στο σπίτι εξαιτίας του φαγητού... Σκέφτηκε τα λόγια της μαμάς της: «Αν ήξερες πώς νιώθει μια μητέρα, που παρότι και η ίδια πεινάει, δεν έχει αρκετό φαγητό για τα παιδιά της... Συμπεριφέρεσαι σαν ένα κακομαθημένο παιδί, που δεν ξέρει να εκτιμήσει τίποτε!» Η Δώρα ένιωθε τα μάτια της να δακρύζουν. Η γονείς της γνώριζαν όλα όσα η ίδια τώρα έβλεπε ως ηλιαχτίδα. Τώρα πλέον μπορούσε να καταλάβει καθαρά, για ποιο λόγο στεναχωριόταν οι γονείς μετά από κάθε σκηνή της κατά τη διάρκεια του φαγητού...

Τα δάκρυα έτρεχαν στο πρόσωπο της. Στο εξής ήθελε να τα κάνει όλα σωστά: «Αγαπημένοι μου γονείς, σας υπόσχομαι, από σήμερα να τρώω πάντα το φαγητό μου χωρίς να γκρινιάζω. Τώρα καταλαβαίνω αυτά που θέλατε να μου μάθετε... Σας αγαπώ απέραντα», ψιθύρισε η Δώρα και σκούπισε τα δάκρυα από τα μάτια της.

«Δώρα μου, οι γονείς σου γνωρίζουν, ότι τους αγαπάς απεριόριστα, το ίδιο αγαπάνε και αυτοί τόσο εσένα όσο και τον αδερφό σου. Χαίρομαι που διαπίστωσες τα σφάλματα σου. Είμαι σίγουρος ότι δεν θα τα επαναλάβεις», είπε ο ήλιος. Η Δώρα σταμάτησε να κλαίει. Ξαφνικά της έλειπαν οι γονείς της, τόσο μα τόσο πολύ. Πάνω που ήθελε να το πει στον ήλιο, άκουσε τη φωνή του: «Ελπίζω ότι σου αρέσει το ταξίδι μας, αν και μάλλον δεν εξελίσσεται όπως το είχες φανταστεί. Τέτοια συμβάντα βλέπω κάθε μέρα. Φυσικά όμως υπάρχει στον κόσμο και πολύ χαρά. Αυτό θα ήθελα να σου δείξω τώρα.»

«Ήλιε μου, σ'ευχαριστώ πολύ για αυτό το ταξίδι και όλα όσα έμαθα σε αυτό! Έχεις δίκιο, στη σκέψη μου το είχα φανταστεί διαφορετικά. Όμως με βοήθησες να καταλάβω τα λάθη μου. Τώρα, σε ότι αφορά στη συνέχεια του ταξιδιού, θα ήθελα να την αναβάλλουμε για μία άλλη φορά – φυσικά αν και εσύ συμφωνείς. Πεθύμησα πολύ την οικογένεια μου και θέλω να πάω σπίτι», απάντησε η Δώρα.

O ήλιος χαμογέλασε πλατιά και της είπε: «Χαίρομαι που τα έζησες όλα με τον τρόπο που έλπιζα. Και τώρα, η επιθυμία σου είναι για μένα διαταγή!» Βέβαια, αυτό που η Δώρα δεν ήξερε, ήταν ότι ο ήλιος είχε προετοιμάσει γι'αυτήν ένα τελευταίο, μικρό μάθημα. Καθώς συνέχισαν το ταξίδι τους με αστραπιαία ταχύτητα, η Δώρα δεν αναστατώθηκε. Ήταν πλέον συνηθισμένη. Ήξερε τι την περιμένει αυτήν τη φορά – έτσι νόμιζε τουλάχιστον...

Η Δώρα συνειδητοποίησε ότι σταμάτησαν, αλλά προς έκπληξη της δεν βρισκόταν στην αυλή του σπιτιού της, αλλά στο σπίτι της φίλης της, της Μίλας. Κατάλαβε ότι ακόμα εξακολουθούσε να είναι μία ηλιαχτίδα,επειδή διαφορετικά η Μίλα θα την είχε ήδη αναγνωρίσει, αφού στεκόταν μπροστά της.

Η Μίλα καθόταν στη σκάλα μπροστά από το σπίτι της και ήταν πολύ λυπημένη. Ψιθύριζε κάτι, όμως η Δώρα μπορούσε να καταλάβει τα λόγια της: «Θεέ μου, σε παρακαλώ και σήμερα, χάρισε μου σύντομα ένα αδερφάκι, όπως η Δώρα έχει τον αδερφό της τον Λουκά... Ξέρεις ότι θα προτιμούσα δύο αδελφάκια – έναν αδερφούλη και μία αδερφούλα. Δεν θέλω όμως να απαιτήσω πολλά και γι'αυτό αφήνω σε εσένα την απόφαση. Όμως σε παρακαλώ να πραγματοποιήσεις την επιθυμία μου, επειδή ξέρεις, Θεέ μου, πόσο συχνά νιώθω μοναξιά!»

Η Δώρα σχεδόν δεν πίστευε αυτό που μόλις άκουσε. Δεν φανταζόταν ποτέ, ότι η καλύτερη της φίλη νιώθει μοναξιά. Τώρα όμως κατάλαβε, για ποιο λόγο ήθελε η Μίλα να παίζει με τον Λουκά, ενώ η ίδια η Δώρα πολλές φορές τον εκνεύριζε και τον παραμελούσε.

Σήμερα, για τρίτη φορά, κατάλαβε το λάθος της. Ο ήλιος το ήξερε, και τώρα το ήξερε και η ίδια. Αποφάσισε, στο εξής, να είναι μία καλή αδερφή και να προσευχηθεί στο Θεό, ώστε και η καλύτερη της φίλη να αποκτήσει σύντομα ένα αδερφάκι.

Μετά από αυτές τις σκέψεις άκουσε τη φωνή της μαμάς της: «Δώρα, έλα να φας παγωτό!» Η Δώρα ήταν έκπληκτη, όταν κατάλαβε ότι καθόταν και πάλι στην κούνια, ακριβώς όπως πριν από το ταξίδι με τον ήλιο. Αυτό που δεν ήξερε η Δώρα, ήταν ότι το ταξίδι της διάρκεσε μόνο λίγα λεπτά, στα οποία όμως έμαθε σημαντικά πράγματα, που θα τα μοιραζόταν με τους φίλους της. Όμως εννοείται ότι το ταξίδι της με τον ήλιο θα παρέμενε το μυστικό της. Ποιος ξέρει, ίσως μια μέρα να ταξίδευε ξανά με τον ήλιο, και αν και αυτός συμφωνούσε, θα παίρναν το Λουκά και τη Μίλα μαζί τους...

Η Δώρα πήδηξε από την κούνια και έτρεξε στη μαμά της. Ρίχτηκε στην αγκαλιά της και είπε: «Μανούλα, μου έλειψες τόσο πολύ. Είσαι η καλύτερη μαμά του κόσμου και εγώ είμαι το πιο ευτυχισμένο κορίτσι πάνω στη γη!» Μετά έτρεξε στον μπαμπά της, τον αγκάλιασε και του είπε: «Μπαμπά, μου έλειψες τόσο πολύ, είσαι ο καλύτερος μπαμπάς που έχει ποτέ υπάρξει. Να ξέρεις ότι θα προσπαθήσω με όλη μου τη δύναμη να μην στεναχωρήσω ποτέ ξανά εσένα και τη μαμά!» Τέλος, αγκάλιασε τον αδερφό της, ο οποίος είχε φάει κιόλας το παγωτό του και γι'αυτό το μισό του πρόσωπο ήταν πασαλειμμένο. Για πρώτη φορά αυτό δεν ενόχλησε τη Δώρα, που του είπε: «Είσαι ο πιο γλυκός αδερφούλης και σου υπόσχομαι ότι δεν θα σε εκνευρίσω ποτέ ξανά. Θα είμαι για εσένα η καλύτερη αδερφή που μπορείς να φανταστείς!»

Η μαμά, ο μπαμπάς και ο Λουκάς ήταν έκπληκτοι προς στιγμή από τη συμπεριφορά της Δώρας. Όμως επειδή στον καθένα τους αυτό το ξέσπασμα αγάπης της Δώρας έκανε καλό, κανένας τους δεν ρώτησε κάτι. Και αυτοί αγαπούσαν τη Δώρα πάνω από όλα. Οι γονείς της αισθανόταν, ότι στην καρδιά του κοριτσιού τους είχε συμβεί κάτι θαυμάσιο, και αυτό τους αρκούσε. Αυθόρμητα αγκαλιάστηκαν όλοι μαζί, και ο μπαμπάς είπε χαμογελώντας: «Ας φάμε τώρα το παγωτό μας πριν λιώσει τελείως!"

Συγγραφέας

Η Julijana Butter γεννήθηκε το 1974 στο Backnang (Γερμανία). Τα παιδικά και νεανικά της χρόνια τα έζησε στη Σερβία, όπου αποφοίτησε από το επαγγελματικό λύκειο. Στη συνέχεια έζησε κάποια χρόνια σε διάφορες χώρες (Ελλάδα, Ρουμανία, Μαυροβούνιο, Γερμανία). Μιλάει διάφορες ξένες γλώσσες. Αυτό το διάστημα ζει με την οικογένεια της στη Γερμανία. Η «Μία μέρα με τον ήλιο» είναι το πρώτο της εικονογραφημένο βιβλίο.

Εικονογράφος

Ο Vladica Lukić γεννήθηκε το 1979 στο Mokrin (Σερβία). Μετά από σπουδές στη γραφιστική και το δίπλωμα από το Ανώτατο Τεχνικό Εκπαιδευτικό Ίδρυμα του Novi Sad, ζει μαζί με την οικογένεια του και εργάζεται στο Novi Sad. Εκτός από την εικονογράφηση και το γραφιστικό σχέδιο, ζωγραφίζει και παίζει κιθάρα. Έλαβε μέρος σε διάφορες ομαδικές εκθέσεις και καλλιτεχνικές κολεκτίβες.

Made in the
USA
Middletown, DE